데 이 지

옮긴이 송섬별
다른 사람을 더 잘 이해하고 싶어서 읽고 쓰고 번역한다.
여성, 성소수자, 노인, 청소년의 삶을 다룬 책을 좋아한다.
옮긴 책으로는 《벼랑 위의 집》《그녀가 말했다》《불태워라》
《사라지지 않는 여름》《당신 엄마 맞아?》들이 있다.

데 이 지

마이라 제프 · 송섬별 옮김

양철북

읽어 두기

이 책은 아일랜드어로 출간된 《Nóinín》(2019)을
저자가 영어로 다시 쓴 원고를 번역한 것입니다.

1부

데 이 지

거 울 속 소 녀

나는
　　데이지.
데이지꽃처럼 평범한 아이.

난 되고 싶어.
　　용감하고
　　　　우쭐거리고
　　　　　　우월한 사람.

또 되고 싶어.
　　자비심 없고
　　　　잔인하고
　　　　　　자유로운 사람.

아니면 금발이고
　　　　강단 있고
　　　　　　강한 사람.

하지만 난 그런 사람이 아닌걸.
고작 열다섯 살
데이지꽃만큼이나 평범한 아이.

학 교 가 싫 어

과학 선생님이 그러는데
세상의 모든 건
　　원자로
　　이뤄졌대.

쇠, 나무, 식물,
모두 다.
　　심지어 우리들도.
보이지 않을 만큼 작고 작은
　　원자래.

하지만 아니야.

학교에선
　　모든 게
　　　　규칙으로 이뤄진걸.

특히 선생님들 말이야.

예를 들면 학년 부장 선생님.
만약 선생님이

다치기라도 하면
피가 아니라
　　규칙이 뚝뚝 떨어질걸.

선생님은 입을 벌려 쏟아 내.
　　불평
　　　　협박
　　　　　　명령.

치마를 단정하게 입으라니까!

거긴 가면 안 돼!

화장하지 마!

선생님한테 말버릇이 그게 뭐냐!

뛰지 마라!

가방을 거기 두면 안 돼!

하지 마!
하지 마!
하지 마!

하지 마!

"신경 끄세요!"

이머가 말하지.

이머만 있으면
전부 괜찮아.

절 친

이 세상에 이머 같은 친구는 없어.

이머는 내
   베프야.
베스트 프렌드란 뜻이지.

우린 항상 함께야.

   양동이와 삽처럼.
   홍차와 비스킷처럼.
   천둥과 번개처럼.
   와이파이와 비밀번호처럼.

보 라 색   매 니 큐 어

이머가 내 침대에 누워 있어.

댄서처럼 발끝을 뾰족하게 올리곤

반짝이는
　　보라색
　　　　매니큐어를
　　　　　　발톱에다

　　살살 칠하고 있지.

"클로다가 로넌이랑 다시 사귄단 얘기 들었어?"
이머가
눈을 굴리며 웃어.
"질리지도 않나 보다." 나는 한숨을 쉬어.

클로다는 우쭐대길
좋아하거든.
심지어
우릴
깔보는 것보다도

그게 더 좋대.

이머가 클로다 목소리를 똑같이 흉내 내.
침대에서 벌떡 일어나선
클로다처럼
엉덩이를 쭉 뺀 채 허리에 손을 얹고
삐친 척 입술을 내밀어.
"우리 데이지." 이머는
　　　숨소리를 잔뜩 섞어
　　　　　　　느릿느릿
　　　　　　　　　　말끝을 늘여.
"아직도 남자 친구 안 생겼어?"

그러더니 웃는 척해.
꼭 클로다처럼
유리컵 깨지는 소리를 내며.

봉 건 제 도

1학년 때 봉건 제도를 배웠어.
다이어그램에 그려져 있었지.

왕
영주
기사가 다스리는
천한 밑바닥 **평민**들.

학교는 여전히 봉건 제도야.

클로다와 그 무리가 꼭대기에 있지.
부자는 아니지만
예쁘거든.
거울 앞에서 포즈를 잡고
거들먹거리는 공작새들.

그다음은 운동하는 애들이야.
탄탄하고 유연하고 투지가 넘치는 애들.

그 밑은
모범생들 자리야.

다른 애들이랑 잘 어울리고
책에만
코를 박고 살고 싶다는
본심을 숨기기만 한다면 말야.

밑에서 두 번째는
　　　재미없는 애들이야.
우린 지극히 평범해.
꼭
　　　바닐라 아이스크림
　　　소금 뿌린 감자칩
　　　버터 바른 빵처럼.
맨 밑바닥 애들만큼 특이하지도 않아.
그 자리는
바깥에서 안을 들여다보고 있는
　　　별난 애
　　　부적응자
　　　괴짜 차지거든.

차 한 잔

똑똑
내 방문을 두드리는 소리.

엄마가
차를 가져왔어.

그 찻잔에 담긴 의미는
   학교잘다녀왔니?
또

   아무문제없지?
또

네가숙제안하고핸드폰보는지감시해야겠다.

석 기 시 대

우리 엄마가 하루에
"핸드폰 내려놔라"
이 말을 몇 번이나 하는지
세 본 적은 없어.

아마
    키보드 자판만큼
        정원에 핀 데이지만큼일 거야.

하지만 잊어선 안 돼.
엄마가 십 대일 땐
인터넷이 없는
다른 행성
다른 시대였다는 거.

없었다니까.
인터넷이.

상상해 봐.

엄마는 이야기해.

구글이 없던 시절.
석기 시대.
모든 정보가
책에 있어서
숙제를 하려고
도서관에 갔대.
책을 검색할 수 없으니까
책이 어디 있는지는
종이로 된 색인 카드로
찾아봤대.

지도도 종이로 되어 있고
모르는 사람한테 길을 물어보고
길을 잃기도 하고.

사진을 보고 싶으면
가게에 돈을 내고
인화해야 했대.
사진엔 필터도 없었대.
#노필터
#으악

그러니까 엄마가
이해 못 하는 건 당연하지.

영원한 젊음의 땅 *

"내일 프랑스어 시험이야." 이머가 말해.
이머의 우울한 목소리만 들으면
　　세상에 종말이라도
　　일어난 것 같지만
초록 눈이 반짝이는 걸 보면
　　역시
시험은 신경 안 쓰나 봐.

이머네 집은 복작거려.
늘 그렇듯이.
　　　　사람들로
　　　　　　소리들로
　　　　　　　　즐거움으로
생기로 가득해.

이머 엄마는 이 집이 동물원이래.
원숭이들이 대롱거리고
　　　　　　깩깩 울고
　　　　빈둥거린다나.

이머 아빠는

생신 선물로
    귀마개를 받고 싶대.

난 여기가 좋아.
우리 집에 가면
    나랑 엄마뿐이거든.

이머 동생 키티는
    이층 침대 아래층을 써.
우린 위를 쓰고.
침대 위엔 교과서가 굴러다녀도
음악은 다른 이야기를 하지.
    이머의 핸드폰에서 나오는
    깡통 두들기는 것 같은 소리.
게임에서 들어 본 음악이야.

우린 프랑스어 공부를 해.
    과거 시제.
    제 빠흘레(나는 말했다).
    뛰 아 빠흘레(너는 말했다).
    일/엘라 빠흘레(그/그녀가 말했다).
    누자봉 빠흘레(우리는 말했다).
    부자베 빠흘레(너희들이 말했다).
    일/엘종 빠흘레(그들/그녀들은 말했다).

하지만 머리에 들어오지가 않아.
이머는 유튜브를 열어.
링크를 클릭해.
〈아부아 송〉이래.

문법을 랩으로 만든 건데
진짜 이상해서 잘 외워져.

우린 침대에서 뛰어내려.
음악에 맞춰
가구가
흔들릴 때까지
뛰고 발을 굴러.

"얘들아!" 이머 엄마가
문 앞에 와서 고함을 쳐.
막냇동생 니샤를
품에 안고 말이야.

"아이고, 얘들아.
천장이 1층으로
　　무너지는 줄 알았다."

목소리만 들으면

세상에 종말이 닥친 것 같지만
눈빛은 다정해.

"니샤가 잘 시간이란다.
데이지, 엄마가
몇 시까지 오라고 하셨니?" 아주머니가 물어보면서
손목시계를 봐.

"이런!
저 늦었어요." 나는 대꾸하면서
허겁지겁 가방과 책을 챙겨.

이머의 집에선
　　　타임 워프가 일어나는 것 같아.
꼭 영원한 젊음의 땅처럼.
30분밖에 안 지난 줄 알았는데
진짜 세상에서는
며칠이 흘러간 거야.

영원한 젊음의 땅.
다른 세상.
정신 병원.
동물원.

"아 비앙또(또 만나)!" 떠나는 나에게 이머가 외쳐.

* 세상 끝 저 너머에 있다는 아일랜드 신화 속 낙원인 '영원한
   젊음의 땅(Tír na nÓg)'. 늙지도, 아프지도, 죽지도 않고 영원
   한 행복을 누릴 수 있는 세계로, 시간이 다르게 흐르는 이곳
   을 '오쉰'이라는 인물이 우연히 발견한다.

공부 최악

내 방은
    무덤처럼
    조용해.

난 핸드폰으로 음악을 틀어.
    정적을
    깨뜨리려고.

나랑 공부만
    이 방에 남아
    지친 얼굴로
    서로를 쳐다보고 있어.

즈 부드레 알레 아 뤼니베흐시떼 에 에뛰디에 라 랑
그 이흘란데즈(대학에 가서 아일랜드어를 공부하고 싶
다).
    즈 부드레 알레(나는 가고 싶다).
    즈 부드레 알레(나는 가고 싶다).
    즈 부드레 알레(나는 가고 싶다).
    아 뤼니베흐시떼(대학에서)
    에 에뛰디에(공부한다)…….

미래에
어떤 끝내주는 과학자가
마이크로칩을 발명해서
내 머릿속에
지식을 다운받아 주면
앞으론
힘들게
공부를 안 해도 되지 않을까?

핸드폰에 메시지가 왔어.
'공부 최악'이라는 사람의
메시지야.
이머가 또 닉네임을 바꾼 건가?

수락했어.

"너야, 이머?
프랑스어 다 끝냈어?
난 죽을 것 같아.
맞아, 공부는 최악이야!"

"안녕, 데이지.
프랑스어 공부 중이야?

도와줄까?

나 프랑스어 할 수 있거든.

즈 빠흘르 프랑세즈(나는 프랑스어를 할 줄 알아)…

　　… 아쎄 비앙(꽤 잘하지).”

?

“이머?

너 맞아?”

“즈마뻴 오쉰(내 이름은 오쉰).

난 오쉰이라고 해.

만나서 반가워.

안녕:)”

오 쉰

"이머!
누가 말 걸어서 너인 줄 알았는데
알고 보니
오쉰이라는
남자애였어."

"걔 괜찮아?
:)"

"모르겠어."

"그럼 이제부터
　　　　알아 가면 되지!"

수 다 쟁 이   여 자 애

"안녕.
미안.
내 친구인 줄 알았어."

"하하.
그런 것 같았어.
너 세인트 메리 학교 다녀?"

"응.
너는?"

"세인트 피니언.
여긴 남학교야.
여학생들이랑 대화할 일이 없지!
괜찮지?"

"응." 내가 대답해.

"이름이 예쁜 수다쟁이 여자애랑
얘기할 일은 아예 없고."

"몇 살이야?" 내가 물어.

"열일곱."

내 심장이
　　쿵쿵
　　쾅쾅
　　가슴에서 북을 쳐 대.

"너 지금은 공부할 시간이겠다.
나중에 또
대화해도 돼?"

"당연하지."

"오 르부아(안녕), 마 셰리(자기)."

마 셰리.
마 셰리.

세상에!

그 남자애가 나한테 '자기'래.

구 름

수다쟁이 여자애는
진짜 세상의
침대에 누워 있지.

하지만 그 애의 마음은

　　새로운 가능성의
　　　　　　새하얗고
　　　　폭신한
　　　　　　구름 사이를
　　　동동 떠다니며
　　　날고 있어.

폭 탄

"모조리 다 말해 줘." 이머는
버스에서
　　내 옆자리에
　　풀썩 주저앉으며 말해.
"지금 당장!"

"할 말이 딱히 없어." 나는 말해.
…… 그냥
수다쟁이 여자애라고
이름이 예쁘다고
'마 셰리'라고 했던 거 말고는.

이머의 얼굴이 빨개져.
　　들뜬 나머지
　　터질 것 같은 풍선처럼 말야.

"보여 줘!"
나는 스크롤을 내려 메시지를 보여 줘.
　　아주 천천히
　　한 마디도
　　놓치지 않게.

문장 부호 하나하나
　　벌써
　　　　다 외웠어.

안개 낀 유리창을
옷소매로
동그랗게 문질러.
　　둥근 창.
훔쳐보고 싶어.
　　회색 교복을 입은
　　세인트 피니언 남학생들이
　　등교하는 모습 말이야.

"데이지?"
이머가 문득 입을 열어.
심각한 표정이야.

"이 남자애
어쩌면
　　　　얼굴이
엄청난
폭탄일지도
모른단 생각 안 해 봤어?"

째 깍 째 깍

학교에서 보내는 하루는
　정말
　못 견디게
　느릿느릿 흘러가.
'새로고침'

6.5시간
390분
23,400초.

1초 1초가
조그만 발을 끌고
날 놀리는 것처럼
째깍째깍
스쳐 지나가는 것 같아.
'새로고침'

자꾸만
핸드폰을 보게 돼.
하지만 새로운 메시지는 없어.
'새로고침'

체 셔   고 양 이

"봉주르(안녕)!" 그의 메시지가 오자
이상한 나라의
체셔 고양이처럼
나는 씩 웃어.
"프랑스어 시험은 어땠어?
   잘 봤어?"

"빠 말(나쁘지 않아)." 내 답장이야.
"그럭저럭 봤어."
시험 시간 절반이 흐르도록
   창밖만 멍하니 보면서
   머릿속으로 이런저런
   얼굴들만
   책처럼 넘겨 봤단 건 말하지 않았지.

그에게
딱 어울리는
얼굴을 찾아서.

의 문

"오쉰?" 난 망설이며 물어.
만약 우리가
폰이 아니라
직접 만나 대화하는 중이었다면
그도 내가
부끄러움을 타고
긴장을 잘하고
소심한 걸 알겠지.

"응, 자기. 괜찮아?"

그는 메시지를 통해서
    내 목소리를 듣는 거야.

겁이 나서 도저히 못 물어보겠어.

"오쉰······." 난 입을 열어.
("혹시 너 원숭이 엉덩이처럼 생긴 건 아니지?")

"사진 보내 줄 수 있어?"
"당연하지."

오 쉰 의 사 진

그는
    완벽해.

완벽하게
    완벽해.

반짝이는
    회청색 눈이
날 바라보고 있어.

손가락을 화면에 대고
    사진을
확대해. 그 애의
    입술을
탐험하려고. 그 애의
    피부를
만져 보려고.

말도 안 돼.

    완벽해.

자 석

물리 선생님이
　　둘씩 짝을 지어
실험을 하라고 하자
이머는 내게
나는 이머에게
　　자석처럼 착 달라붙어.

"오쉰은 여기 없으니까
나로 괜찮겠어?"
　　이머가 물어.

혹시 날
　　질투하는 걸까?

빨간 얼굴

클로다와 라라는
우리 옆 실험대에서
로넌 이야기를
다 들릴 정도로 속닥거리며
   웃고 꺅꺅거려.

라라는 타이밍 맞춰
정말 놀랐다는 듯 외쳐.
"세상에, 걔가 그랬다니! 클로다!"
당황한 척
한 손으로 입을 가리고
   점점
목소리를 높여.

내가 쳐다보는 걸
클로다가 알아차렸나 봐.

말을 멈추더니
날 빤히 쳐다보며
   입술을 뾰족 내밀고
   립글로스를

바르기 시작해.

"우리 꼬마 데이지,
너도 크면 이해하게 될 거야.
지금은 인형 놀이나 하고 있으렴.
　　넌 아직
　　남자 친구 사귀려면
　　멀었잖아."

교실 전체가 웃음바다가 돼.
내 얼굴은 활활 타올라.

"너도 좀 있으면
쟤만큼 건방져지겠다."
고개도 들지 않고
　　이머가 말해.

비 밀 친 구

오쉰한테
클로다 이야기를 했어.

어떤 앤지 알겠대.
잔인하고
　　　　짜증 나고
　　　　　　거만한 여자애들.
목소리는 너무 크고
치마는 너무 짧은 애들.

오쉰은 좀 더
　　　　수준 높고
　　　　　　자존심 있는 여자가 좋대.
똑똑하고 흥미롭고
친절한 여자.

오쉰에게 이머 이야기도 해 줬어.

"그건 좀 다르지." 그가 말해.
이해할 수 있대.
나한테 처음으로

남자 친구가 생겼으니
그 애로선
　　　　질투하는 게
당연하지 않겠냐더라?

그러니까 그 말은
나한테
　　　　공식적으로
처음
　　　　남자 친구가 생겼단 뜻인 거네.

"데이지." 그가 말해.

"너도 사진 보내 줘야지."

"알았어."

"너무 기대된다."

셀카

지금까지
　　벌써
　　열다섯 장 찍었어.
　　전부 마음에 안 들어.

조명이 너무 어두워.
　　(지금은 너무 밝아.)
피부가 너무 번들거려.
　　(파우더를 발라야겠어.)
웃는 게 어린애 같아.
　　(이번엔 너무 심각하고.)

오쉰이 기다리고 있어.

핸드폰을 치켜들고
　　올려다보며
고개는 살짝
　　한쪽으로 기울여.
마스카라라도 바를까?

너무 오래 걸려서

오쉰에게 들킨 것 같아.
내가 셀카를
    수백 장이나 찍었단 걸.

으윽.

그의 머릿속
내 모습이
어떤지
    알 수만 있다면.

어떤 사진을
    좋아할지 말이야.

수다쟁이 여자애.
똑똑하고, 흥미롭고,
    다정한 여자애.

스물한 번째 셀카야.

아무리 새로 찍어도
난 어차피
    데이지꽃처럼
    평범한걸.

오쉰은 기다리고 있어.

사진을 보내.
　스물한 번째 셀카.
　화면에 안 보이게
　손가락을 꼬고 있는*
　수다쟁이 여자애.

---

* 기독교 문화권에서 검지와 중지를 꼬아 십자가를 만드는 것
은 '신의 가호를 빈다' '행운을 빈다'는 의미다. 종종 어린아이
들이 거짓말을 할 때 등 뒤에서 손가락을 꼬기도 한다.

연 옥 **

"핸드폰은 1층에 놓고 올라가렴.
잘 시간이잖니." 석기 시대 엄마는
내가
다섯 살인 줄 아나 봐.

엄마 표정을 보니
  완전 진심이었어.

엄마는 알까?
방금 내가
  내 자존심을
  허공에 내던진 걸.

오쉰이 두 손으로
  잘 붙잡았을까.
심장이 입 밖으로
  튀어나올 것 같아.

아니면 바닥에 떨어져
  조각조각
  박살 난 건 아닐까.

만약 그가
내 셀카를
　　별로라고 생각한다면.

엄마는 몰라.
엄마는 석기 시대 사람이잖아,
　　잊지 마.
엄만 셀카가 없는 시절을 살았잖아.
덕분에 난
이렇게
　　핸드폰 없는
　　연옥을 떠도네.

**　죽은 사람의 영혼이 천국에 들어가기 전 남은 죄를 씻기 위해
　불로 벌을 받는다는 가톨릭의 사후 세계로, 천국도 지옥도 아
　닌 곳.

오 르부아 (잘 있어)

자정이 되어서야
엄만 잠들어.

그때까지
    연옥에서
나는
    오쉰이 보냈을
    메시지를 상상해.

"미안해, 데이지.
하지만 난 네가, 음, 좀 더 흥미로운 앨 줄 알았어."

"데이지, 있잖아, 미안한데
우리 사이에 오해가 있었나 봐."

모든 메시지는 이렇게 끝나.

"오 르부아(잘 있어)."

닌 자

1층으로 내려가.
소리 없이
　　닌자처럼.

조용히
계단을 내려가려면
　　벽에 바짝 붙어야 해.

핸드폰은 거실
충전기에 꽂혀 있어.

화면을 터치하는
두 손이 떨려.

'공부 최악'이 보낸
　　메시지 열일곱 개.

커 다 란 빨 강 하 트

커다란 빨강 하트가
화면에서 두근두근.

"데이지, 상상했던 거랑 똑같이 생겼네."

그의 말이 샤워기에서 흐르는
따뜻한 물처럼
        내게 쏟아져.

커다란 빨강 하트가
내 가슴에서도 쿵쿵 뛰어.

"너 자연 미인이다."
"웃는 얼굴이 천사 같아."

"네 사진 보는 순간
내가 느낀 감정을
다 안다면
넌 아마
        충격받았거나
아니면

꽤 우쭐해졌을지도
모르지.

우리 예쁜이.

너 어디야?

내가 너무 솔직했나?
데이지 너한테
너무 직진했나?
혹시 나 땜에 겁먹은 거야?"

"안녕." 난 답장을 써.

"지금은 대화 못 해.
내일 얘기하자."

그다음엔 커다란 빨간 하트를 고르고
'전송' 버튼을 눌러.
오쉰의 핸드폰
화면에서
두근두근 뛰겠지.

침 묵

이머는 버스에 말없이 앉아
이어폰을 꽂고
음악을 듣고 있어.

너무 말이 없네.

이머에게 전부
얘기하고 싶어서 드릉드릉하지만
그럴 수 없어.

내 생각에
그 애는 오쉰 얘길
하고 싶지 않은가 봐.

그런데 내 머릿속엔
오쉰 생각밖에 없거든.

우리 사이에 유리벽이 있어.
깨지지 않는.

스 무 가 지

내가 오션에 대해 아는 스무 가지:

1. 파인애플 피자를 싫어해.
2. 광대를 무서워해.
3. 주차 단속 요원도.
4. 1980년대 음악을 들어.
5. 또 아무도 안 볼 때면 부엌에서 춤을 춘대.
6. 차가운 토스트를 좋아해.
7. 진한 홍차랑.
8. 식당에서 접시 닦는 알바를 해.
9. 바다를 떠다니는 플라스틱 쓰레기를
   걱정한대. 나랑 똑같아.
10. 학교 자전거 주차장 지붕으로
    기어오르다가 바지가 찢어진 적이 있대.
11. 부끄러우면 얼굴이 빨개진대.
    나랑 똑같아.
12. 뉴욕에 가 보고 싶대.
13. 베니스도.
14. 스케이트보드를 갖고 있대.
15. 가장 좋아하는 아이스크림은
    민트초코칩이야.

16. 여덟 살 때 엄마가 돌아가셨대.

    너무 힘들었겠다.

17. 〈라이온 킹〉에 나오는 노래 가사를 전부 알아.

18. 만약 초능력이 생긴다면 하늘을 날고 싶대.

    나한테 날아오겠다나.

19. 수영을 잘해.

20. 수학은 못하고.

더 알고 싶어.

내일이면 25가지를 알게 되겠지.

그다음엔 50가지.

그러다 100가지.

오 쉰 의 여 자 친 구

오쉰 교실에 앉아
오쉰 선생님들이
가르치는
오쉰 과목들을
들어.

오쉰 점심을 먹고 나서
오쉰어로
말을 해.

하루 종일 난
오쉰의 여자 친구야.

오쉰의 여자 친구.

삭 제 버 튼

"있잖아, 오쉰.
우리 만날래?"
그렇게 썼다가
지워 버려.

"오쉰, 자기야.
학교 끝나고 시간 있어?"
이 말도 지워 버려.

**"오쉰, 왜 네가 먼저
안 물어보는 거야?"** 소리 질러.
그리고 지워 버려.

그는 참을성이 있어.
난 수줍음이 많고.

그러니까,
　　기다려야지.

초 대

이머가
숙제를 같이 하자며
날 집으로 초대해.
영원한 젊음의 땅으로.

이젠
나한테
화가 풀린 걸지도 몰라.

아마도?

사 랑 노 래

이층 침대 위
내 옆에
이머가 앉아 있어.

옆방에는 이머 오빠가
친구랑 같이
　　시끄러운 록 음악을 듣고 있어.
벽이 흔들려.

키티는 구슬이
계단을 타고 내려가도록
한 줄로
길게 길게 늘어놓고 있어.
구슬을 다시 놓을 새도 없이
니샤가 전부 망가뜨려 버리지.

"로넌 얘기 들었어?"
이머가 물어.
"프랑스어 시험 볼 때 커닝했대.
선생님이 엄청 열받았어!"

이머의 눈빛이
장난기로 반짝거려.

"더 대박인 건 뭔 줄 알아?
구글 번역기를 써서
답안지에 틀린 데가
엄청 많았대.
선생님한테 바로 걸렸지.
불쌍한 로넌,
진짜 바보야."

메시지가 와서
핸드폰 화면이 켜져.

오쉰이야.
유튜브 링크를
보냈네.

"이 노래 들으니까 네 생각이 나, 데이지."
이 말과 함께.

어떤 노래야.
뮤직비디오도 있어.

난 이어폰을 꽂아.

아름다운 음악이
　　귓속에서
헤엄쳐.

녹아내린
초콜릿 같은
남자 목소리.

'내 눈에 보이는 네 모습을
네가 본다면
널 미친 듯이 원하는 내 마음을
너도 알 텐데.'

너무 행복해서
얼굴이 뜨겁게 달아올라.

'부드럽고도 야성적인
내 사랑과 함께
당신 그리고 나
나의 꽃다운 소녀.'

뮤직비디오 속 소녀는

데이지로 온통 둘러싸여 있어.

심장이
　　터질 것 같아.

이머가 얼굴을 찌푸려.
나를 보는데
꼭 내가 방금
침대에
토하기라도 했다는 표정이네.

사 랑 에 빠 져 도 돼

"이 노래
정말 좋다,
고마워."
내가 말해.

"이 가수가
꼭
너에 대한
내 마음을
읽은 것 같아."
오쉰이 말해.

"이머가 나한테 화났어."
난 그에게
영원한 젊음의 땅에서
있었던 일을 말해 줘.

"걔한테는 받아들이기 힘들 거야.
          이해해야지."
그는 그렇게 말해.
정말이지 현명하고 친절하기까지 하다니까.

"그래도 넌
　　　사랑에 빠질 자격이 있잖아.
　　　데이지,
　　　안 그래?"

맞아. 이렇게
간단한
문제야.

난 사랑에
빠져도 돼.

핸드폰 중독

"그놈의
      핸드폰만
온종일
      들여다보는구나."
석기 시대 엄마는
그게 무슨 위험하고
나쁜 일이라는 듯
나한테 호통을 쳐.
마치 내가
약도 없는
      병에 걸렸다는 듯이.
남부끄럽고 답도 없는
      중독자라는 듯이.

핸드폰 중독자 데이지.
이머도 그렇게 생각해.
선생님들도
      야단쳐.
"핸드폰 치워라, 데이지.
네가
성적이 자꾸

떨어지는 이유를 알겠구나.”

오쉰만 날 이해해.
그는 내가
　　　괜찮대.
괜찮은 정도가
　　　아니래.

오쉰 없으면
　　　어떻게 살지?

키 스

"남자랑 키스해 본 적 있어?"
오쉰이 물어.

그렇게 묻는 건
나를 놀리려는 것도
　　비난하려는 것도
　　부담을 주려는 것도 아니야.

오쉰은
　　이상하지 않대.
내가
키스를
한 번도
안 해 본 게.

"아, 그럼 내가 너랑
　　키스해야겠다,
데이지."
그가 말해.
"첫 키스를 하면
　　별빛이

내려와
　　네 입술에서
　　반짝이고
여름날
뜨거운 태양이
네 몸을 달굴 거야.
첫 키스는
다정하겠지만
아주 작은
　　한 방울
　　짜릿한
흑마법의 맛이
더해질 거야."

걱 정 돼

"데이지,

　　친구로서 하는 말인데."

이머가 보낸 문자야.

정중하게,

　　마치 더는

　　우리가

　　친구가 아닌 것처럼 이야기해.

"말해야겠어.

나

　　네가

걱정돼."

1. 걔를 잘 알지도 못하잖아.

　　(그건 네 생각이지.)

2. 하루 종일 핸드폰으로

　　걔랑 이야기를 하면서 보내잖아.

　　　　　진짜 세상은

　　잊어버린 것 같아.

　　(한 번도 사랑에 빠져 본 적 없으면서

살아 숨 쉬는 '진짜'가 뭔지 어떻게 안다는 거야?)

3. 만난 적도 없으면서!

(아직은 그렇지…….)

투 명 잉 크

너한테 말 안 할래.
이며,
　　　내 친구,
내 맘속에 있는
생각들.

너한텐
말 안 할 거야.
　　질투라는
　　　　　　　독이
　　네 머릿속을
　　물들여서
우리 우정을
　　망치고 있다고.

말 안 할 거야.
　　내 친구라면
내가
　　행복할 때
같이
　　행복해야 한다고.

너한텐 티 안 낼래.
내가 이미
        널
앞질러 갔다고 생각한다는 거.
네 지도에는
        아직 없는
        길을
난 이미 가고 있다고.

하지만 절대 그런 말은 안 해.
클로다처럼
저리 가서
인형이나
갖고 놀라는
        말.

라 푼 젤

머리를 말리는 중이야.

오쉰은 자기가
　　손가락으로
　　내 머리를
빗겨 주고 싶대.

내 머리를 만지고
　　냄새 맡고
　　쓸어 주고 싶대.

그에게 사진을 보내.
머리를 거꾸로 숙여서
젖은 머리가
아무렇게나
헝클어졌어.
　　야성적이지.

하루하루
셀카 실력이
　　늘고 있어.

별 이 빛 나 는 하 늘

이 감정을
뭐라고
불러야 할지 모르겠어.

그런데 내 마음은
표현할 말을 찾아.
    온 힘을 다해
    끊임없이.

심장이 터질 것 같아.
    숨이 막혀 와.
하늘을 나는 것 같아.
    부서지는 파도 같아.
심장이 녹아내리는 것 같아.
    상황 파악이 안 돼.
폭죽.
    중독.
쓰나미…….

꼭

별이 빛나는 하늘을

배 속에 품은 기분이야.

그게 어때서?

학교에서
이머한테 새로운 무리가 생겼어.
새 친구들 말야.

난 혼자 앉아.
상관없어.

여기 데이지가 앉아 있네.
외로운, 어쩌면
가망 없고 정신없는
핸드폰 중독자.

그게 어때서?

진 공 상 태

난 평소처럼
매일 일어난 일을
하나도 빠짐없이
오쉰에게
알려 줘.

그러면
꼭
우리가
　　같이 있는 것 같으니까.

근데 좀 이상해.
오쉰한테서
답이 없어.

침묵은 너무
　　조용해서
꼭
　　비명을 지르는 것 같아.

거대한 동굴 같은 공허.

두려움의
　　소용돌이 속으로
날 끌어들이는
진공 상태.

오션,

어디 있어?

어디 있어?

어디 있어?

잠 옷

"자기야, 미안.
배터리가 나갔네.
그게 다야."

그게 다라고?

난 오쉰에게 이야기해.
    진공 상태 같았다고.
    소용돌이 같았다고.
"알아, 내 사랑."
오쉰이 대답해.

"나도 그 느낌 알아.
하지만 나 여기 있잖아.
이제 걱정 마.

지금 잠옷 입고 있어,
    데이지?"

난 사진을 찍어 보내.

분홍 하트가 그려진
하얀색 잠옷.

등 뒤에 매듭을 묶어서
몸에 달라붙게 해.
내 몸매가
그한테 더 잘 보이게.

남 자 친 구

"어머, 세상에, 설마
너희 둘 쌍둥이처럼 붙어 다니더니
싸운 건 아니겠지."
　　클로다가 말해.
　　과하게 달콤한
　　목소리로.

수학 수업 듣는 교실이
　　너무 덥고
　　답답해.
　　난 혼자
　　앉아 있어.

이머가 말해.
"데이지가 요즘
　　어떤 남자애한테 반했거든."
아무렇지 않은 말투여도
그 애의 초록 눈에
　　잠깐이지만
　　상처가 스치고
　　그 애는 곧장

새 친구들 쪽으로
고개를 돌려.

"세상에." 클로다는
다시 몸을 휙 돌려
　　위아래로
　　날 훑어보며
　　머리부터 발끝까지
사이즈를 재.

"이런, 이런, 이런.
데이지가 사랑에 빠졌네."

사 랑 에 빠 진 데 이 지

그 말은 사실이야.

데이지는 사랑에 빠졌어.

사랑이라는
　　부드러운 설렘 속에

　　폭발 속에
　　고롱고롱 소리 속에
　　반짝임 속에

데이지는 흠뻑 젖었어.

　　풍덩 빠졌어.

유 리 구 두

온종일
이머의 상처받은 눈빛을
    머릿속에서
도저히
떨칠 수가 없어.

내가 상처를 준 걸까?
그렇게 생각하니
    마음이 아파.

만약
    신데렐라의 유리구두를
다른 사람이 신고 있다면
난 어떤 기분일까?

이머가 행복하게
왕자와 춤을 추고
나만
    혼자
남겨진다면?

아 메 리 카 노

"있잖아, 이머." 내가
전화로 말해.
"지금까지
내가 다 미안했어.
우리 같이
내일 오후에
아메리카노 마시러 갈래?"

"그래." 그 애는
    작은 목소리로 대답해.

"절대로
    오쉰에 대한
    이야기는
    안 꺼낼게.
    약속해."

"그래." 그 애가 대답해.
나한테
    웃는 얼굴 이모티콘을 보내.

"그럼 두 시에 카페 네로에서 볼까?"

또 웃는 얼굴이 도착해.

우리 데이트해.

또 다 른 데 이 트

"계속
    생각해 봤는데."
이머를 만난다고 하니까 오쉰이 말해.

"언제쯤
    우리
    너랑 나
    데이지와 오쉰이
만나서
    같이
        데이트를 할까?

더는
    못
        기다려.

내 손으로
네 손을
잡고 싶어.

        세상 그 무엇보다도

그러고 싶어."

짜릿한 기쁨이
내 온몸을
　　타고 흘러.

"금요일
　　학교 끝나고
　　시간 있어?
　　일주일 뒤에?"
그가 말해.

난 이모티콘을 보내.
눈이 있어야 할 자리에
　　하트 두 개가 있는 얼굴.

"당연하지."

그렇게 됐네.
데이트가 또 생겼어.

"다섯 시에 볼까?
만나기 전에
　　죄수복 같은 교복을

갈아입을 시간이
있어야 하니까?
시청 앞에 새로 생긴
카페에서 만날까?"

"너무 좋아." 내가 대답해.

내가
미친 사람처럼
방 안에서
폴짝폴짝
뛰고 있다는 걸
그는 모를 거야.

때가 온 거야.
내 사랑을
　　　만나러 가.

드디어.

선 물

핸드폰으로
오쉰 사진을 보고 있어.
내가 제일 좋아하는 사진이야.
그의
    회청색 눈이
나를 빤히 들여다보고 있거든.
열정적으로.

나는
화면 속
그의 입술에
    입을 맞춰.

이런 날이 올 줄이야.
오늘보다
더 좋은 날은
없을 거야.

내 말이
틀렸다는 듯
메시지가 오면서

화면이 밝아져.

"데이지." 오쉰이 말해.

"널 위한 선물이 있어."

상 품 권

그가 메시지로
　　사진을 보냈어.

캣워크라는
옷 가게의
　　상품권이야.
60유로짜리 상품권.

"이걸로
　　예쁜
옷을 샀으면 좋겠어, 자기."
　　그가 말해.
"금요일에 만날 때
입을 옷 말이야.
바코드만 스캔하면
뭐든 살 수 있어."

믿기지가 않아.
60유로라니!
"너무 비싸."
　　내가 말해.

"너무 비싼 건
        없어.
나의 데이지를
위해서라면." 그가 말해.

카 페 네 로

카페 안에는 사람이 엄청 많아.
　　넘쳐 나는
　　쇼핑백과
친구들과
　　대화를 나누는
　　환한 표정의
　　　　　얼굴들.

카페에선
　　좋은 냄새가 나.
커피 향이
베일처럼
부드럽게
드리워져 있어.

초조하게
나를
기다리며
앉아 있는
이머가 보여.

말하는 커피 잔

커피는 말을 해.
  우린다시함께라고.

커피는 말을 해.
  옛날이랑똑같다고.

커피는 말을 해.
  우리가왜이렇게된거야?

커피는 말을 해.
  그런얘기하지말자.
  쉿.
  이순간을즐겨.
  이마법을깨뜨리지마.

낡 은 슬 리 퍼

이머는 말을 해.
말하고
    말하고
    또 말해.

그 애와의 대화는
꼭
    낡아서
    편안한
    슬리퍼 같아.

"있잖아, 데이지, 우리 사진 찍을까?"
그 애가 팔을 길게 뻗자
우린 둘 다
한껏
이를 드러내고 웃어.

"별로야.
    다시 찍자!"
그 애가 말해.

그 애는 다른 쪽으로 팔을 뻗고,
우리는 입술을 쭉 내밀어.
　　이번엔
마치
　　립스틱 광고 같아.

"이게 낫네."
내가 말해.
하지만 내가 이제
　　셀카 여왕이 됐다는 건
　　말하지 않아.
"사진 보내 줄래?"

이머가 화면을 두드리자
메시지가 왔다며 내 폰 화면이 밝아져.

"나 옷 가게 상품권 있어."
내가 말해.
"이따 같이 가서
근사한 옷
　　고르는 거 도와줄래?"

"우후!" 그 애의 답이야.
"당연하지!"

어 디 야 ?

이머가
화장실에 가자
나는 사진에 카페 장소 태그를 붙여서
오쉰에게 보내.

"넌 어디야, 오쉰?"
　　내가 물어.

이렇게
그와 함께 커피를 마시면
어떤 기분일까?

다음 주 금요일엔
　　어떤 기분일까?

낡은 슬리퍼가 아니라
반짝이는 새 구두 같은
대화를 할 거야.

그 생각만으로도
　　배 속에서

나비들이
미친 듯 날갯짓을 해.

이머가
돌아온
바로 그 순간
폰 화면이 밝아져.
오쉰이 보낸 장소 태그야.
카페가 표시되어 있어.
이해가 안 돼.
여기 있는 거야?
난 주변을 둘러봐.

오해인 걸까?
착각일까?
나는 다시 메시지를 쳐다봐.

"핸드폰 그만 봐, 데이지."
이머가 말해.
그 애의 눈엔 다시 상처가 보이고
목소리엔 가시가 돋았어.

"알겠어, 우리 같이
　　쇼핑하러 갈까?"

파 란 레 이 스

"이거 좀 봐." 이머가 말해.
옷걸이에서 이런 문구가 적힌 티셔츠를 꺼내 들어.
'내가 제일 좋아하는 색깔은 피자'

내가 찾는 건
    좀 더 어른스러운 거.
뭔가 세련된 거.
뭔가
    오쉰이
    좋아할 만한 거.

"이건 어때?" 나는
몸매가 드러나는 회색 드레스를 보여 줘.

이머는 대답 대신
다른 티셔츠를 들어 올려.
'안 돼'
가슴팍에
분홍 글자로
그렇게 적혀 있어.

"너한테 안 어울려, 데이지."
그 앤 단호하게 말해.

그때 그 옷이 눈에 들어와.
바로 저거야.
완벽해.
크롭탑인데
　　파란 레이스로 된
　　가느다란 끈이 달렸어.
오쉰은 나한테서
　　눈을 못 떼겠지.
이 옷을 입고
금요일 저녁에 간다면 말이야.

나를 바라보는 이머의
　　주름 잡힌
　　이마에
　　물음표가 달려 있어.
"설마 저 옷 살 건 아니지, 데이지?"
놀란 척하면서 그렇게 물어.

"맘에 드는데." 내가 말해.

"이 옷은 전혀……

너답지 않잖아.
무슨 뜻인지 알지?"

그 애는 마치
야생 동물을
　　놀라게 하지 않으려는 듯
　　느릿느릿 말해.

고맙지만,
'나다운' 게 뭔데?
난 속으로 생각해.

탈 의 실

이머는 꼭
    어린애처럼
    들떴어.

괴상한 옷들을 무더기로
잔뜩 들고 왔지 뭐야.
전부 하나씩
입어 본다고
    재미로 그러는 거래.

빨간 꽃무늬 노란 드레스의
단추를 채운 다음
영국 여왕이라도 되는지
    점잔 빼는 말투로
떠들어 대기 시작해.

난 그 애를
부루퉁한 얼굴로 쳐다봐.
참을 수가 없어.
파란 크롭탑을
입어 보고 싶지만

이머가 자꾸
　　장난만 쳐서
　　점점 얼굴이 찌푸려져.
지금은 줄무늬 타이츠에
보라색 미니스커트를 입었어.
　　재미로 그런다니까.

"넌 안 입어 봐?"
이머는
　　엉덩이를 씰룩거리며
　　돌아다니고 있어.
가뜩이나 좁은 탈의실이
　　바보 같은 장난 때문에
　　더 좁게 느껴져.

옷을 입어 보고 싶지만
오쉰에게 보여 주고 싶은 거야.
　　이머가 아니라.

난 화가 나.
　　"정신 좀 차려, 이머!"
면도날처럼 날카롭게 말해.
　　"네가 그렇게
　　유치하게 구니까

내가 꼭
베이비시터가 된 기분이야."

이번엔 이머의 눈이 상처가 아니라
이글거리는
분노로 가득 차.

"너 변했어, 데이지.
이젠 너랑 모르는 사이 같아."
그러면서 이머는
다시 청바지를 입어.
거친 몸짓으로.

"넌 이제 친구도 아니야. 그냥

재수 없는

못된

계집애라고."

거 울 속 어 른

이머가 떠난 뒤
침묵 속에서
다른 여자애들이
　　수군거리고
또
　　웃는 소리가
　　　　들려.
창피해서 얼굴이
　　달아올라.

"거기 있어, 오쉰?
오쉰!
거기 있어?"

눈물이
줄줄 흘러내려.
　　얼굴이 따갑고
　　뜨거워.
핸드폰 화면에 불이 들어와.
마치
　　폭풍 속

등대 같아.
"나 여기 있어, 데이지.
너 괜찮아?"

이머랑 싸운 이야길 해 줬어.
오쉰은 다 이해한대.
내 잘못이 아니래.
그냥 이머가 어린애 같은 거래.
쿵쿵 뛰던 심장이
    차분해져.

"오쉰,
아까 카페에 왔었어?"

"맞아, 자기.
하지만 방해하기 싫었어."

"난 널 못 봤는데." 내가 말해.
"왜 왔던 거야?"

"지금은 상관없어." 그가 말해.
"새 옷은 샀어?
보여 줄래?"

"잠깐만 기다려." 내가 말해.
　아까와는 다른 감정으로
　심장이 또 쿵쿵 뛰어.
난 겉옷을 벗고
　티셔츠도 벗어.

오늘은 검은색 브라를 입었어.
　정말 다행이야.
파란 레이스랑
　잘 어울릴 테니까.

나는 바닥에 쌓인 옷 무더기를
사진으로 찍어서
그에게 보내 줬어.

"우와." 그러면서 그는
혀를 내두르는 표정을 한
이모티콘을 보내.

"기다려 봐." 내가 말해.
지금 내 모습이 너무 마음에 들어.

파란 크롭탑을 입어 봤어.
거울 속 어른이 된 내가

나를 바라보고 있어.

가슴을 덮은 레이스
　　엉덩이의 곡선을
　　　환하게
　　　드러낸 채로.

기분이 무지 좋아.

사진을 찍으려고
한 손을 허리에 대고
머리카락 한 가닥을
　　쇄골 위로 늘어뜨려.
난 셀카 여왕이니까.

으아ㅏㅏㅏㅏㅏㅏ

으아ㅏㅏㅏㅏㅏㅏ
오션에게 온 답장이야.

"숨도
    못 쉬겠어.

    네 몸이

    너무 아름다워서.

아, 데이지,
대체

    금요일까지

    어떻게 기다리지?"

허 락

"엄마?
금요일에 학교 끝나고
이머 집에 가도 돼요?"

"당연하지, 데이지.
너희 둘이
다시 끈끈해졌다니
정말 좋구나.
그 애가 없으니까
요즘 너무 조용했잖니."

"저녁 먹고 올게요,
괜찮죠?"

"당연하지, 애야."

석기 시대 엄마는
핸드폰도
이해 못 하니까
남자 친구는
절대 이해 못 할 거야.

양 털 구 름

이젠 신경 안 써.
    학교생활.
이젠 신경 안 써. 교칙도
    숙제를
    안 했다고
    야단치는
    선생님도
신경 안 써. 혼자
    점심을 먹고
    화장실에
    혼자 가는 것도.

난 양털 구름을 타고
    둥둥 떠다니며
내려다보고 있어.
    저 아래 이토록
    하찮은 문제들.

오쉰이 날 사랑해.
그가 날 원한대.
    원한다고.

몸속에
불꽃이 일고
　　기포가 터지는
　　그런 방식으로.

또 오쉰은
　　나랑 가장 친한
친구이기도 해.
일석이조라고.

양털 구름을 타고 있으면
나 자신도 마음에 들어.
오쉰의 데이지.
난 그 여자애가 좋아.

유일한 문제는
이번 주가 너무 느리게 간다는 거.
꼭

일

년

같아.

기 다 려

기다리고

기다리고

기다리고

기다리고

또 기다려.

가끔은
바윗돌 같은
의심이 찾아와.

실제로 만나도
    날 좋아할까?
아니면 이렇게 생각하는 건 아닐까?
    어린애 같다고?
    평범하다고?
    시시하다고?

오쉰을 만날 때
　　내가 수줍어하면 어쩌지?

만약 내가
　　키스에는 꽝이면?
　　그럼 어쩌지?

기다리고

기다리고

또 기다려.

신 데 렐 라

집에 와서
　　교복을 벗어.
신데렐라의
　　낡은 누더기 같은
　　회색이야.
그다음엔
나만의 드레스를 입어.
가느다란 끈이 달린
　　파란 레이스 크롭탑.

요정 대모는 필요 없어.
온 세상이
　　마법으로
　　가득한걸.

그다음엔
　　가슴 위에
　　하트가 달랑거리는
　　펜던트 목걸이를 해.

아주아주

꼼꼼히
머리를 빗어.
　　오쉰도
아마 그럴 거야.

이번엔
　　화장도
살짝 해.

그리고 투명 망토처럼
　　코트를 덧입어.
그래야
엄마의
　　의심을 피하지.

준비

나는
　데이지.

햇빛을 받으면
활짝
　피어나는 꽃.

열다섯 살.

　왕자님을

만날 준비가 됐어.

너 무 일 찍

너무 일찍
도착하긴 싫어.
정확히
다섯 시
3분 전까지
거리를
서성거려.

카페는 조용해.
오쉰은
아직이네.
코트를 벗고
립밤을 바르고
장소 태그를 보낼
시간이 있어.

"나 도착했어."

이런

핸드폰 화면이 밝아져.
오쉰이 보낸 메시지야.
사진.

붕대로 칭칭 감긴
발 사진.

"이런."
그 밑에 적혀 있어.

"무슨 일이 일어났는지 상상도 못 할 거야."
그가 말해.
심장이 입으로 튀어나올 것 같아.
못 온다는 걸까?

"스케이트보드 타다가 굴렀거든.
　발이 골절됐나 봐."
　　그러곤 슬픈 얼굴 이모티콘을 보내.

나도 슬픈 얼굴을 세 개 보내.
정말 속상해.

"아무 데도 갈 수가 없어." 그가 말해.

"하지만 자기야,

걱정하지 마.

좋은 생각이 났어.

아빠한테

너를

　　우리 집까지

태워 달라고 했거든.

제대로 된 데이트가

아니라서 미안해.

하지만

만나지 않고는

못 배기겠어.

올 수 있어?

5분 뒤에

은색 자동차를 몰고

아빠가 도착할 거야."

난 참던 숨을 내쉬어.

"당연히 가야지."

2부

이 머

데 이 지 가 실 종 됐 대

할 말이 없어.

정말

    단

      한 마디도.

이게

    진짜일

       리

        없어.

데이지,

    우리 데이지가

실종됐대.

전 화

어젯밤 늦게
데이지 엄마가 전화하셨어.
그 애가 아직
　　집에 안 왔대.

데이지가
　　여기
　　나랑 있는 줄 아셨대.

데이지가 그렇게 말했다는 거야.

아주머니는 핸드폰을
　　손에서
　　툭 떨어뜨리셨어.
내가 데이지를
본 적도 없다고
말했을 때 말이야.

난 아무것도 모른다고
　　말씀드렸어.

하지만 그때부터
　　숨을 제대로
　　쉴 수 없었어.

만에 하나
　　데이지한테
무슨 일이
생긴 걸까 봐.

다시 전화를 걸었어.
아주머니께 말씀드렸어.
사실 뭔가
　　알고 있다고.
데이지한테
　　남자 친구가 있다고.

그 남자 친구 이름은

　　오션이라고.

경 찰

하지만 지금은
　경찰이
　찾아와서
　질문을
　하고
　또 하고
　또 해.

마지막으로 데이지를 본 건 언제니?
그날 데이지는 어땠지?
어젯밤 누군가를 만난다는 이야기를 했니?
오쉰을 아니?
주변을 어슬렁거리는 사람은 없었니?
예전에도 데이지한테 남자 친구가 많았니?
데이지가 자주 가는 장소가 있니?
데이지는 오쉰과 언제 알게 된 사이지?
데이지가 일기를 쓰니?

엄청나게 많은 질문들.

하지만 대답이 필요한 질문은

단 하나야.

데이지는 어디 있지?

친 구 들

핸드폰을
　　도저히
　　꺼둘 수가
　　　　없어.

만에 하나
　　데이지가
　　나한테 연락할까 봐.

소리도 켜 놨어.
연락을 놓치지 않게.

몇 분에 한 번씩
　　새로운 메시지가
　　도착할 때마다
　　소스라치게 놀라
　　펄쩍 뛰어.

하지만 메시지 내용은
　　전부 똑같아.

'이머!
진짜야?
데이지가 실종됐다며?'

불 길

키티한테 고함을 질러.
　　음악을 틀었거든.
오빠한테도 고함을 질러.
　　게임기를 켜서.
아직 어린 니샤가 우는 것도
너무 화가 나.

하지만 실은 남들이 아니라
　　나한테 화난 거야.

마지막으로
데이지한테 한 말들이
꼭
　　활활 타는 불길처럼
쓰라리게
　　나를 태워.

내가 상처를 줬어.
내가 모욕감을 줬어.
그런데 지금 데이지가 사라졌잖아.

세상에서 가장
쉬운 질문의
    답조차도
모르는 내가
그 애 친구이기나 할까?

    그 답이
어쩌면
    데이지를 구할지도
몰라.

사람들이 날 쳐다봐.
    데이지 엄마도
    우리 엄마도
    경찰도
    선생님도
    친구들도
간절한
    눈을
        크게 뜨고
나한텐 없는

    대답을 기다려.

또 경찰

질문이 비처럼 쏟아져.
나는
    흠뻑 젖었어.

데이지가 온라인에서 뭘 했지?
어떤 이름을 썼지?
오언의 닉네임을 말한 적 있니?
데이지는 어떤 앱을 쓰지?
데이지는 온라인 활동을 많이 했니?
평소보다 더 많이?

    흠뻑
        젖었어.

데이지의 비밀번호를 알고 있니?

비 밀 번 호

조심스러운 단어.
작고, 비밀스러운 단어.
돌로 된 벽보다도
　　더 튼튼한 단어.

경찰들은
망치를 휘둘러도
　　그 문을 부술 수가 없대.

　　아주 작고
　　조그만,
　　데이지만
　　아는
　　디지털 열쇠가
　　지키고 있거든.
우리와 데이지
사이를 가로막고.

그 애가 만든 열쇠.
　　지문만큼이나
　　홍채만큼이나

하나뿐인 열쇠.

그 애의 모든 비밀을
지키고 있는
비밀.

경찰관이
데이지의
개인적인 메시지를
읽는 게 싫어.

하지만 여자 경찰관의
눈빛이
심각한 건 알겠어.

감옥의 창살처럼
심각하고
타 버린 집처럼
심각하고
차게 식은 시체처럼
심각해.

도와달라고
호소하는 눈빛.

정보를 찾겠지만
시간이 걸린대.
어쩌면 너무 긴 시간이 걸릴 수도 있대.
데이지가 실종됐으니까.

경찰관의 긴박한 말투에
등줄기에 소름이 돋아.

비밀번호가 뭐야, 데이지?
어떤 우스운 단어나
이상한 단어를
골랐던 거니?

    Gr8m8s
같은 단어나
    ObiWanCamogie 같은 단어.

그런데 걘 나한테 화가 나 있었잖아.

어쩌면 이렇게 바꿨을 수도 있지.
    talk-to the-hand
아니면
    6leedin-6itch.

모르겠어.
우리가 아는 건 그게 전부야.

내가 아는 건
　　요즘 들어
　　멍하고
　　엉망이던
　　그 애 모습뿐.

비밀과 해답 사이
위험과 희망 사이
삶과 죽음 사이를
비밀번호가 지키고 있는 거라면

모르겠어.

아무것도 모르겠어.

난 모르겠어.

학 교 에 서

집에 있어도 된다고 허락받았어.
하지만 더 이상
사방의 벽을
　　견딜 수가 없어.

학교에서 특별 조회가 열렸어.
　　모두에게 알려 주려고.
　　　　데이지가
　　　　실종됐다는 걸.

우리에게
　　지원을
해 줄 수 있다고.

또
　　정보가
필요하다고.

온몸에
　　소름이 돋았어.
200명이

한꺼번에
돌아서서
날 쳐다보니까.

오늘은 수업이 없었어.
오로지
　　　침묵
　　　울음
　　　침묵
　　　울음
　　　질문
　　　침묵.

말은 한마디도 하기 싫었어.
하지만 한편으로는
　　　이 침묵이
　　　정말
　　　화가 나.

왜 다들
　　　조용한 건데.
장례식에라도 왔어?

여긴 장례식장이 아니라 학교라고.

아무도 안 죽었어.

데이지는 안 죽었다고.

안 죽었어.

되 감 기

아마 너한테도
화가 난 것 같아,
데이지.

너 때문에
다들 얼마나
힘들어하는지 알아?

네가 없어지고 나서
　　잠도 못 잤어.

자다가도

　　벌떡

30분에 한 번씩
　　악몽을 꾸다가 깬단 말야.
심장이 터질 것 같고
숨이 거칠어진다고.

어디 있는 거야?

사람들이
너에 대한
　　이야기를 지어내는 거
모르겠어?
　　무서운 이야기.
　　재난 이야기.
　　흥미진진한 이야기.

그거 알아?
너한테
"미안해" 말하고
화해할 수만 있다면
난 정말
무슨 짓이라도 할 수 있다는 거.

난 뭐든지
　　다 줄 수 있어.
'되감기' 버튼을
눌러
　　우리 일,
　　네 일,
　　이 모든 일을 바꿀 수만 있다면.

되감기

뒤로
뒤로
뒤로

다시
    전부 다
괜찮아질 때까지.

데이지
어디 있는 거야?
나한테 말 좀 해.

대 답

핸드폰 화면이 켜져.
　메시지가
　　　　온 거야.
　　　데이지한테서.

나는 눈을 깜박여.
설마
꿈을 꾸고 있는 건
　　아니겠지.

사진이야.

열었어.

사 진

손에서

　　핸드폰이

　　　　떨어져.

　　모든 게

　　　　느려지는

　　　　　　바람에

핸드폰이

　　바닥에

　　　　떨어지기

　　　　　　까지도

　　한참

걸려.

나는

쓰러지고

있어.

천천히

바닥

으로

쓰러지고

있어.

미끄러진

내 몸이

바닥에

부딪치는

게

느껴져.

더 이상

떨어질 곳이

없어.

진짜인지

확인하려

다시 볼 수가

없어.

다시는

보고

싶지

　　않아.

사진

　　속

　　　데이지가

　　　　침대에

쓰러져 있는 거.

　　　죽어 있는 거.

흘러내린

　　　핏물이

꼭

　　　날개처럼

그 애

몸

　　　　　양쪽으로 퍼져.

눈은

　　　허공을

보고 있어.

　　　생명 없이.

비명이　　　　　　　　　들려.

　　　날카롭게

　　　공기를

가르는 비명.

그 비명은

내가   지른 거야.

난

바닥에   쓰러져.

사람들이

다가와.

어 둠

바닥에
힘없이
쓰러진 내 귀에
   목소리들이 들려와.

"이 아이 괜찮은 거예요?"
   "기절했어요."
"우리 말 들리니, 이머?"
"숨은 쉬고 있어요."
   "가여워라."
"엄마, 언니가 왜 이러는 거예요?"
"일으켜야 할까요?"
"구급차 부를까요?"
"우리 이머."
아빠 목소리.
   단단한 팔.

물속에 있는 것 같아.
모든 게 뿌옇고
모든 소리가
   멀리서 들려와.

"이머, 얘야."
엄마 목소리.

내 얼굴에 닿는 입술.

난 비명을 질러.
온 힘을 다해 비명을 지르지만
　　아무 소리도 나지 않아.
난 소리 없는 비명을 질러.

"데이지가 죽었어요!

데이지가 죽었어요!

데이지가 죽었다니까요!

도와주세요, 제가 봤어요!"

하지만 아무도 내 말을 못 들어.

산 산 조 각

눈을 뜨니 내 침대야.
몸이 쑤시고
또
숨이 가빠.

그 순간 떠올라.

그 사진.

그 사진이 짓이겼어.
　　　망가뜨렸어.
　　　더럽혔어.
　　　해쳤어.
　　　깨뜨려 버렸어.
　　　세상에 존재하는, 존재했던

　　　　　모든 좋은 것들을

　　산산조각 냈어.

내 눈 속에 뜨겁게 새겨져 버렸어.

눈을 감으면

보이는 건

침대에 널브러진
그 애뿐.

파괴.

피.

시체가 된 소녀.

영원히 바뀌어 버린 삶.

목소리를 되찾아야 해.

말해야 해.
    경찰에게.
    온 세상에.

우리

데이지

가

죽었다고.

살해됐다고.

일 어 나

해냈어.
일어났어.
한 발 또 한 발,
걸어가.
내 손이 아닌 것만 같은
손에 핸드폰을 든 채로.
부엌문을 열어.

엄마가 벌떡 일어나.
"괜찮니, 이머?
차 한 잔 줄까, 아가?"

난 허공에
깃발처럼
핸드폰을 흔들어 보여.

그리고 말해.
데이지가. 죽었어요.

침묵.
질문.

침묵.
질문.

난 한 번 더 말해.
데이지가. 죽었어요.
경찰에. 신고해요.

안 전 망

경찰들은 우리 집에
단어로 이루어진
안전망을 가지고 왔어.
　　그러니까

수색 전략.
포렌식 분석.
연락 담당자.
그리고
수사 결과.

확고하고 강인한 말.

권위의 말.

그리고
계획.

골 든 아 워

부엌 조명이
    내 눈에는
        너무 밝아.
모든 게 너무 예리해.
부산한 움직임이
    나를
        아프게
            찔러.

부엌 식탁에 앉은
난 껍데기 없는 생물 같아.
피부도 없고
    보호막도 없는
        날것 같아.

경찰이 내 핸드폰을 가져가.
이젠 증거품이라나.
게다가 살인자와의
연락 수단이래.

적어도 이제

숨 막히게 밀폐된
　　증거물 봉투 안에서
악이 스며 나올 수는 없을 거야.

이젠 더 강력한 말들.

수사관.
경찰서.
사회 복지사.
심층 조사.

"지금 애를 데려가면 안 되죠!" 엄마가
찢어질 듯 높은 목소리로 외쳐.
"우리 아이 지금
엄청나게 심각한
　　트라우마 상태라고요.
지금은 조사 같은 거 하지 말아요."

경찰관이 엄마에게 설명해 줘.
'골든아워.'
살인 사건 직후
정보를 수집할 수 있는
특별한 기회래.
살인범이

너무 신중하고
너무 영리하고
너무 체계적으로 바뀌기 전에.

아빠가 끼어들어.
"여보, 이머는 가야 해.
해야만 하는 일이야."

엄마의 뺨 위로
굵은 눈물이 흘러.
엄마는 고개를 푹 숙이더니 말해.

"제가 따라갈게요."

악 마

난 지금
영화 속 배우야.
살인 사건
조사를 받으러
경찰차 뒷좌석에 타고
경찰서로 가고 있어.

하지만 차에 탄
모두가 알고 있지.
우린 모두 똑같은
공포 영화에 나오는 배우라는 걸.

거리의 사람들은
가게 진열창 앞에서
옷을 구경하고
축구 이야기를 떠들어 대고
아이스크림을
　　먹고 있어.
아무것도 모른 채.

그 무지한 얼굴들은

순진해.

너무 순진해.

까맣게 모르는 거야.

저 사람들 사이

숨어 있는

악마의

무게를.

모르는 거야.

악마가

거리를 걸으며

청소년들을 꾀어낸다는 걸.

악마가

인터넷이라는 기다란 손가락으로

인터넷이라는 날카로운 발톱으로

어린 소녀들을

잔인하게

이 삶에서

찢어 내고 있다는 걸.

질 문

경찰관이
　　사진을
컴퓨터 화면에 띄워.

데이지 모습을 본
　　엄마 입술에서 비명이 새 나와.

하지만 난 놀라지 않아.
빤히 바라보지.
　　마비되어 버린 마음이 날 지켜 줘.
　　아무것도 느껴지지 않아.

엄마가 내 손을 잡아.
어루만져 줘.
"용감한 내 딸." 엄마가 말해.

"이런 걸 다시 보게 되다니
너무 안타깝구나, 이머."
경찰관의 말이야.
"하지만 중요한 질문을 해야겠다.

사진 속 장소가 어딘지 알겠니?”

　　굳어 버렸어.
　　말이 안 나와.

“여기 가 본 적 있니, 이머?”
경찰관이 다시 물어.

　　굳어 버렸어.
　　말이 안 나와.

“피해자가 어디로 간다고
너한테 말했니?”

　　굳어 버렸어.
　　피해자라니.
　　이제 그 애한텐 이름도 없는 걸까?

나는 고개를 살짝 저어.
눈을 감아 버려.

눈을 감아도
여전히 보이는 데이지.
　　유령 같은

새하얀 몸.
붉게 물든 두 팔이
침대 모서리로 늘어져 있어.
　　아무렇게나.

"미안하구나, 이머." 경찰관이 말해.
"그래도 사진을 다시 한번 잘 살펴봐 주렴."

시키는 대로
난 다시 눈을 떠.

"이 옷을 예전에 본 적 있니?"
이 옷.
이 옷.
데이지를 뒤덮은 붉은 피 아래로
윗옷이 보여.
파란 레이스.
본 적 있어.
피 묻은 레이스.

　　굳어 버렸어.
　　말이 안 나와.

"평소에도 이런 옷을 입었니?"

경찰관이 물어.

나는 살짝 고개를 저어.

파란 크롭탑.
난 다시 그 탈의실에 있어.
이 옷이 데이지 옆에 걸려 있어.
난 별로라고 말하고 있지.
"너답지 않잖아?"
"넌 이제 친구도 아니야.
그냥 재수 없는 못된 계집애라고."

숨을 못 쉬겠어.

산소 공급이 안 돼.

꼭 내 입이
셀로판지로
막혀 있고
아주 작은
　　구멍으로
　　　　　　숨을
　　쉬어야
　　　　하는 것 같아.

현기증이 나.

모르겠어.
숨을 못 쉬겠어.
도와줘.
거친 숨소리가
        내
목을
        조르고 있어.

경찰관 여러 명이 들어와서
        다들
        나를 쳐다봐.

"우리 애 좀 도와줘요!" 엄마가 외쳐.

택 시　안 의　파 도

경찰서를 어떻게 나온 건지 기억이 안 나.
기억나는 거라고는
　　엄마가 나를
　　품에 안은 거.
　　나만의 부드러운 담요.
엄마가 말했어.
　　전부
　　괜찮을 거라고.

지금 우리는 택시 안이고
　　엄마는
　　여전히
　　날 안고 있어.

난 머리를
　　엄마 가슴에 대고
　　어릴 때처럼
　　　그렇게
　　　파도가
　　　부서지도록
　　　　내버려 둬.

파도가 맹렬하게
　　나를 뚫고 지나가.

바닷물에 휩싸인 채
난 데이지를 위해 울어.
그 애를 애도해.
애도해, 순수하고
　　안전했던 시절을.
애도해, 두려움 없고
　　편하게 숨 쉬었던 시절을.
내 친구를 애도해.
나는 계속 울어.
　　엄마의 옷이
　　짠 눈물로 흠뻑 젖을 때까지.
그리고 아직도
　　엄마의 두 팔은 날
　　부서지지 않게 감싸고 있어.

겁이 나

엄마는 우리가
데이지 집에 가 봐야 한대.
디어드라 아주머니,
　　그 애 엄마를 도와드리고
우리도 도움을 받아야 한다고.

난 "그래요"라고 말하지만
속으로는
　　　겁이 나.

그 집에 가득할 고통이 겁이 나.
　　디어드라 아주머니의 고통.
　　그 고통은
　　　　　핵폭탄 같겠지.

아주머니가 할
　　질문들이 겁이 나.
내가 답할 게 없다는 것도.

진실이 겁이 나.
　　내가 친구 노릇을

잘하지 못했다는 거.

그리고 겁이 나.
　　아마 지금 아주머니한테
　　세상에서 제일
　　끔찍한 건
하나뿐인 딸이
영원히
떠난 지금
멀쩡히
살아 있는
날 보는 걸 테니까.

핵 폭 탄

폭탄이 터졌어.
디어드라 아주머니는
　　온통
　　상처투성이야.

그리고 이제
　　타 버린 폐허에서
아주머니는
　　총구를
자신에게 돌려.

"내가 왜
　　눈치를 못 챘지?
왜 몰랐을까?"
엄마가 아주머니에게 또 티슈를 건네.

"왜 나한테 아무 말 안 했을까요?
　　내가 엄마잖아요?
딸들은 엄마에게 다 말하지 않나요?"
　　미친 듯
　　떨리는

아주머니의 어깨를
엄마가 한 팔로 감싸 줘.
"그 망할 놈의 핸드폰을
사 준 게 나였잖아요.
아침부터 밤까지 폰만 들여다봤어요."

침묵.
눈물이 흘러
          아주머니의 화장이 시커멓게
뺨으로 번져.

"사진에 찍힌 옷은 못 보던 건데."
이젠 아주머니의 손도 떨려.
"이런 옷을 입은 건 처음 봤어.
그 남자를 만나려고 차려입었구나."

침묵.
또 티슈.

"그 살인마를
유혹하려고
옷까지 차려입었어.

대체 무슨 생각이었을까요?

인터넷엔 나쁜 사람과 위험한 게 너무 많다고
귀에 못이 박히게 말했는데
그걸로는 부족했나?”

문장 부호

집에 돌아왔어.
이층 침대에 숨어서
이불에 파묻혀 있어.
　　나만의 캄캄한 은신처.

지금 이 순간
　　무엇보다 바라는 건
　　디어드라 아주머니에게
　　답을
　　드리는 것.

아주머니가 한 말에
빨간 줄을 긋고 싶어.
문장 부호를 교정하고 싶어.
　　작문을 채점하는
　　선생님처럼.

〈마침표 빠짐〉
아주머니 잘못이 아니에요.
아주머니는 아무 잘못도 없어요.

〈물음표 넣을 것〉
오쉰의 존재를 알았다면
아주머니는 데이지한테
　　관심 끊으라고 했을 거잖아요?
그런다고 데이지가
　　관심을 안 가졌을까요?

〈느낌표 넣을 것〉
데이지가 말 안 한 건 아주머니 잘못이 아니에요.
보통 십 대 청소년이라면 엄마한테
　　남자 친구 이야긴 안 한다고요!
　　진짜예요.

〈새로운 단락〉
하지만 아주머니, 중요한 건
그건 데이지 잘못도 아니라는 거예요.
당연히 그 애는
　　오쉰의 관심을 끌고 싶었겠죠.
오쉰을 좋아했으니까요.
매력적인 옷을 입었다고 해서
왜 그 여자애까지
비난을 받아야 하는 걸까요?

나 쁜 놈

문제는 그거야.
데이지는 자기한테
　　이런 일이
있을 줄 몰랐단 거.

나도 마찬가지야.

우린, 그러니까,
　　나쁜 놈, 괴물은
줄무늬 옷을
입었을 줄 알았어.
　　만화에서처럼.
얼굴엔 흉터가 있고
　　이는 새까맣지.
　　수염이 까칠하게 돋아 있고
　　이름은 빅터 폰 그림
아니면
　　닥터 둠.

나쁜 놈은 그렇게 생긴 거잖아.
금방 알아볼 수 있잖아.

탓

비극이 일어나면
사람들은 모두
　　누구를 탓할지
　　게임을 시작해.

디어드라 아주머니는 스스로를 탓하고
　　데이지를 탓해.
어쩌면 날 탓하는 걸지도?

인터넷에서 만난 남자한테
데이지가 푹 빠져 정신을 못 차린 걸
알고 있던 사람은 나뿐이니까.

그 애랑 싸우는 바람에
더 빠른 속도로 살인범의 품으로
달려가게 만든 나쁜 애가 나니까.

그 애랑 말을 안 한 것도 나였으니까.
그러지 않았더라면
어디 갔는지 알았을 테니까.

나만 아니었더라면
    어쩌면
    데이지는
    아직
    살아 있었을 텐데.

분 노

잠깐만.

내 잘못이라니.
네 잘못이라니.
걔 잘못이라니.
왜 이렇게 바보 같지?

모두가
    그를 잊고 있었잖아?

누가 그 침대에 피를 묻혔지?
누가 두 손으로 죽였지?
누가 그 애의 절친한테
    자랑스러운 듯
    사진까지 보냈지?

그 사람을 탓해야 해.
데이지가 좋아했던 사람.
데이지를 유혹해서
    죽게 만든 사람.
아직도 멀쩡하게

거리를 돌아다닐 사람.
어쩌면
　　또 다른 여자애들한테
말을 걸고 있겠지.

그 짐승
그 야만인
그 괴물
　　그 사람 잘못이야.

우린 그를 멈춰야 해.
우린 그를 잡아야 해.

마비와 충격이 지나가고
공포와 자기혐오가 지나가자
　　분노가 날 안심시켜.

활활 타오르는
　　뜨겁고
　　에너지로 가득한 분노.

나는 화가 났어.
분노가 내게 불을 붙여.
싸움을 시작하고 싶어.

난 침대에서 뛰어내려.

"엄마." 내가 외쳐.
"다시 경찰서로 돌아갈래요."

출정 물감

전쟁터로 나가는 내 모습을 봐.
뺨에 물감을 발랐어.
　　용감해지려고.

지난번엔 경찰한테
도움을 못 줬어.
충격이 너무 커서
　　너무 무서워서
　　얼어붙었으니까.

하지만 이제 난,

지금 난

칼을 뽑았어.

이제

준비됐어.

렌 즈

경찰관의 책상 위에는 컴퓨터가 한 대 있어.
화면은 새까매. 꼭 커튼으로
끔찍한 걸 가린 것처럼.

"사진을 다시 보기 전에," 경찰관이 말해.
"그사이 진전이 있었단다.
데이지 컴퓨터에서
정보를 많이 찾았거든.
데이지랑 오쉰이 온라인으로 나눈 대화들,
만나게 된 과정,
그 사람 ID가 뭔지 그런 것들 말이다."

"오쉰"이라고 말할 때
경찰관의 목소리가 이상했어.

"오쉰이 진짜 이름이 아니에요?" 내가 물어.
"아닌 것 같구나. 하지만 아직은
        그가 누구인지 몰라.

머지않아
        핸드폰 통신사에서

정보가 올 거야.
큰 도움이 되겠지.

그럼 이제
    사진에 대해 대답할 준비가 됐니, 이머?"
"네." 난 대답하며
    두려움을 꿀꺽 삼켜.
엄마가 내 손을 잡아 줘.

경찰관이 마우스를 클릭하자
    컴퓨터가 켜져.

클릭, 클릭.
사진이 나와.

이번에 난
    분노의 렌즈를 끼고
    사진을 볼 거야.

신중하고
단호하고
꼼꼼한 렌즈.

탐정의 렌즈.

또 사진

감정―멍함.
눈―날카로움.
난 세상에서 제일
끔찍한 사진을
보고 있어.

또다시.

침대.
싱글 침대.
나무로 된 침대.

커버.
침대 커버.
파란 줄무늬가 그려진.

커튼.
초록 커튼.
열려 있어.

"가 본 적 있는 곳이니?"

경찰관이 부드럽게 물어.
"아니요."

"확대할 수도 있어." 경찰관이
커튼과 창문을
크게 확대해 줘.
"자세히 보려무나."

나무.
창밖의 나무.
분홍 꽃을 잔뜩 달고 있어.

굴뚝.
배경에 보이는 굴뚝.
내 눈엔 낯선 굴뚝이야.

침대.
다시 침대.
죽음의 침대.

데이지.
예쁜 데이지.
생명을 잃은 시체.

감정—멍함.
눈—날카로움.

"저 파란색 옷은
캣워크라는 옷 가게에서 샀어요.
열흘 전 토요일에,
상품권으로요."

"그 상품권을 준 사람이
누군지 아니?" 경찰관이 물어.
"아니요, 몰라요."

"평소에도 저런 옷을 입니?" 경찰관이 물어.
"아니면 스타일이 바뀐 거니?"
"평소에는 저렇게
    어른스러운
옷은 안 입어요." 내가 대답해.
"그래서 옷 가게에 갔을 때 놀랐어요."

"그렇구나." 그러면서 경찰관은
급하게
메모를
휘갈겨 써.
"그게 중요한가요?" 내가 물어.

"그 애는 누군가를
만나는 것 같았어요."

목걸이.
가슴에 늘어뜨린 하트 목걸이.
그 애가 엄마한테 받은 생일 선물.

피.
빨간 피.
그 애의 가슴에 묻어 있어.

피.
빨간 피.
침대 커버에도 스며들었어.

피.
빨간 피.
그 애의 하얀 목에 난 상처에서 뚝뚝 떨어지네.

탁자.
침대 옆 탁자.
한때는 흰색이었겠지.

컵.

물컵.
반은 차고 반은 빈.

병.
약병.
하얀 라벨이 붙은 갈색 병.

라벨.
글씨가 적힌 라벨.
이름이 보이는 것 같아.

확대.

확대.

두근거리는 심장으로
사진을 가리키지만
글씨가 보이진 않아.

경찰이 자리에서
　　　벌떡 일어나.
전화기를 집어 들어.
방 안이 온통
　　　흥분한

사람들로 가득 차.

글씨.
희망으로 가득한
흐릿한 글씨.

룸펠슈틸츠헨 *

룸펠슈틸츠헨
이야기가 생각나.

여왕이 그의 이름을
알아내려 안달이야.

당신의 이름은 코난?
    키런?
    키안?

당신의 이름은 시얼샤?
    셰이머스?
    쇼섭?

당신의 이름은 루리?
    루안?
    로넌?

아니면 오란?
    오스카?
    오쉰?

그 이름은
함정이고
대답이고
감옥이지.

이름을 알게 되면

　　잡을 수 있을 거야.

난 떠올려 봐.
　　성이 나서
　　마룻바닥에 발을 구르는
　　　　룸펠슈틸츠헨.

* 이름을 알아내서 불러야 사라진다는 악한 요정으로, 이름을
　들키면 자기 몸을 찢어 파멸한다. 유럽 곳곳에서 전해지는 이
　야기인데, 룸펠슈틸츠헨은 독일 동화 속 요정의 이름이다.

지 리

경찰이 지역을 알아냈대.
나한테 온
사진이 발송된
기지국을 말이야.

하지만 많은 걸 알아내기엔
　　그 지역은 넓어.
너무 넓어.
'그 애는 여기 있어.'
콕 집어 알려 주는 게 아니라
지도 위
엄청나게 큰 원이야.

그 애를 찾기엔 부족해.
그를 찾기엔 부족해.
아직은 모르겠어.
이 세상 어디에다
　　내 생각을
　　염원을
　　슬픔을
　　기도를 보내야 하는 건지.

퍼즐 조각

경찰이 약병에 적힌
글자들을
컴퓨터 필터에 넣자
찾을 수 있었어.
이름의
분명한
한 조각을.

'폴 ㅁ'

폴.
그다음에 이어지는 'ㅁ'.

당신은 폴 마딘?
멀론?
머과이어?

당신은 폴 맥카이?
　　　마기?
　　　마틴?

아니면 막으로 시작하는 성이려나?

당신은 폴 막 돈케?
　　막 올리아프?
　　막 카하?

당신은 폴 막 길라 브리드?
　　막 스위니?
　　막 머피?

경찰은 이 이름이
살인범의 이름인지
아니면 상관없는
약병 주인의 이름인지는 몰라.

한 점
　　증거일 거야.
　　아마도.

어쩌면 아닐지도.

모 기

질문들이
　　모기떼처럼
　　나를 맴돌아.

하나같이 나를
　　따끔하고
　　간지럽고
　　성가시게 하는
　　　　질문들.

하지만 날 물어뜯는
질문들이 없다면
난 다시
섬뜩한
무서운
안개
속으로
돌아가겠지.

희망 없이.

사 냥 꾼

라디오에서 들었는데
　　사냥꾼이란 게 있대.
소아성애자들을
　　잡으러
　　　　직접 나서는 사람들.

사냥꾼은
　　스스로
인터넷에서
미끼인
척을 한대.
이야기를 한대.
유혹한대.

그러다가 소아성애자가
어디서
만나자고 하면
경찰에
신고한대.

바로 그거야.

아무것도 모르는 두려움 속에
사냥을 나서
전부
끝낸다니
엄청난 아이디어야.

하지만 경찰은
그러면 안 된대.
사냥꾼이 끼어들면
소아성애자가 법의 심판을
못 받게 될 때도 종종 있다나.

참을성을 가지고
경찰을 믿어야겠지.
우리한테 있는
하나뿐인
안전망을
위태롭게 하지는
않을래.

빵 부 스 러 기

핸드폰 분석 결과가 나왔어.
데이지의 핸드폰에 남은 메시지.
정확히 3,412개.
994개가 '오쉰'이 보낸 거야.
하루에 보낸 것만
70개가 넘을 때도 있어.
그 메시지들이 모든 걸 말해 줘.
적어도 데이지의 시점으로는.
사진, 대화,
개인 정보,
두 사람이 어떻게 만났는지.

그도 셀카를 보냈지만
그건
어떤 젊은
미국인 사진을
도용한 것 같아.

동화 속 헨젤과 그레텔처럼
데이지는
깜깜하고 위험한 숲으로 들어갔지만

빵 부스러기를
남겼어.
우리가 따라갈
길,
지도.

그 애는 매일
그 애가 있던 장소를 알리는
장소 태그를 보냈지.
그 애가 사라진 날에도.

경찰은 양쪽 대화를 모두 갖고 있어.
그가 데이지에게 한 칭찬과
데이지에게 한 거짓말.
그가 보냈던 상품권.
그리고 그가 보낸 장소 태그 하나.

카페 네로.
열흘 전, 토요일.

포 식 자

피부에
닭살이 쫙 돋아.
그 사람이
우릴 지켜본다는
　　상상만으로도.

먹이를
노리는
　　포식자.

피부에는 닭살이 돋고
배 속은 토할 것처럼 울렁거리는

그 순간

반짝 떠오르는 기억.

빙 고

우리가
그 카페에서
    사진을 여러 장
찍었다는 내 말에
경찰들은 흥분했어.

컴퓨터 화면에 사진을 띄웠어.

아무도 신경 쓰지 않아.
입술을 쭉 내민 우리 표정도
세상 근심 하나 없이
웃고 있는 데이지도.
경찰들은 관심 없는 거야. 이게
나랑 내 가장 친한 친구가
    영영 마지막으로
    함께 찍은 사진이란 거.

그들이 알고 싶어 하는 건
    배경에 등장하는
수많은 얼굴들뿐.
안면 인식 프로그램 덕분에

얼굴마다 노란 동그라미가 쳐져.

경찰 시스템에 그 사람 기록이 있으면
컴퓨터가 알아볼 수 있대.

그때 컴퓨터 화면에 새 창이
    갑자기 나타나.

폴 막 마후나
나이: 47세
주소: 처치 로드 53번지
2년 전 성범죄로 유죄 판결

"빙고!"
경찰들이 고함을 질러.

정 보

이름.
얼굴.
주소.
나이.
차량 번호.
자동차.

경찰이 당신을 잡을 거야.
폴 막 마후나.
인간 쓰레기.

수 색

이런 거
텔레비전에서 본 적 있어.
경찰 수사팀이
위아래가 붙은
남색 작업복을 입고
마스크를 쓴 채로
문을 부수고
집 안으로 쳐들어가는 거.

기다림 끝의
행동.

작업복을 입은
경찰들은 어떤 기분일까?
초조할까?
아드레날린이
온몸에 퍼져서
심장이 쿵쿵 뛸까?
끔찍한 순간을 마주하기 전
어떻게 마음의 준비를 할까?

나는 다시 이불 속으로 들어가

영리한

다음번 공격을 위해

힘을 끌어모아.

경 보 음

전화벨이 울려.
경보처럼.
아빠가 달려가 전화를 받아.

집 안의 모든 목소리가 잠잠해져.
소식을
듣기 위해
바짝
귀를 세워.

"경찰이 찾았다는구나."
마침내 아빠가 입을 열어.
"놈을 체포했대."

유류품 목록

경찰관 두 명이
거실 소파에 앉아
수사 절차와
언론사 대응에 관해
엄마 아빠한테 설명하고 있어.

하지만 내 귀엔 하나도 안 들려.
내 눈은 탁자 위
노트 아래
반쯤 감춰진
종이 한 장만 보고 있거든.

현장 수색에서 습득한 유류품 목록:
침대 시트―피가 묻어 있음
찢어진 타이츠―검은색
속옷―분홍색
노트북 컴퓨터―일련번호 JG7034692
손톱 가위―살해 도구?

목록을 보니 숨이 턱 막혀.
평범한 사물들이

끔찍한 물건들로 바뀌었어.
평범한 사물들이
　　증거물이 되어
　　이야기를
　　들려줘.
듣고 싶지 않은 이야기.
난 평범한 사물들이
　　유류품이 되어
　　비닐봉지 안에 담긴 상상을 해.
　　조심스레
　　착실하게
　　무심하게
　　비닐봉지 안에 담긴 상상.

봉지에는 이름표와
　　식별 번호가 달려 있지.
하나하나 늘어놓은
비닐봉지.
　　질서 정연하게.

그런 생각을 하다 보면
어쩐지
　　다시
　　　　숨이 쉬어져.

헤 드 라 인

경찰들이 우리에게
자세한 이야긴 해 주지 않아서
참 다행이야.

나도 다른 사람들과 마찬가지로
　　뉴스 앵커의
목소리로만 이야기를 접해.

이런 뉴스야.

"오늘 47세 남성이 3월 12일 실종된 여학생 데이지
퀸의 살해 혐의로 법정 기소되었습니다.
　　폴 막 마후나는 어제 15세 데이지 퀸의 살해 용의자
로 자택에서 체포되었습니다.
　　판사는 사건의 심각성을 감안해 보석을 기각했습니
다. 범인은 구치소에서 재판을 기다리고 있습니다.
　　경찰은 이 사건에 대해 알고 계시는 분들의 적극적
인 제보를 당부했습니다."

다 른 사 람 들

이런 이야기는
뉴스에서 나오니까
　　그럴싸하게 들려.
맞는 말 같아.
　　집이 아니라
　　텔레비전에서 들으니까.
텔레비전에선
　　이런 일이
　　다른 사람들한테
　　일어나잖아.

잠깐이지만
난 생각해 봐.
　　살인
　　경찰
　　그리고
　　피 묻은 침대 시트.
나랑은 상관없는
그런 것들.

잠깐이지만

다행히도
잊어버려.
이번엔
그런 무서운 일이
우리한테
일어났단
사실을.

텔레비전 속에선 느껴지지 않으니까.
그 고통이.

왜 ?

중요해.
그 사람이 감옥에 간 것.
중요해.
그게 사실이라는 것.

이젠 알지. 그 사람은
중년 남성이고
이름은 폴 막 마후나.
데이지가 좋아한 '오쉰'이 아니라.
이젠 그 애가 그 사람 집에서 죽은 걸 알아.
　　침대에서
　　성폭행을 당하고
　　목을
　　손톱 가위로 찔린 것.
그 차디찬 사실은
　　이제
나를 현실로 돌아오게 해.

사실 옆에는 가설이 있지.
그 남자, 그러니까
　　그 미친놈이 말하길

데이지는 기뻐하며
    잠자리에 들었대.
자기를 미친 듯이 사랑했으니까.
그리고 그 애가 반항하며
    그 사람의 가슴을
    손톱으로
        긁고 할퀴며
온몸에 발길질을 해서
    아직까지도 선명한 멍을 남기자
가지고 있던
    조그만 손톱 가위를 들어
    그 아이의 아름다운 목을
    세 번이나
    찔렀다는 거야.
마침내
    비명이
    멈출
    때까지.

하지만 아직,
궁금한 게 있어.

왜 이런 일이 데이지한테 일어난 거야?
    그리고

왜

왜

왜

난 그 애를 막으려
　더 많이
노력하지 않은 거지?

사 체

데이지는 그 집에 없었고
인간도 아닌 막 마후나는
사체가 어디 있는지
경찰에게 말하지 않아.

미친놈을 상대로
　　심리 게임을 해야 하네.

'사체.'
데이지의 새로운 이름이야.
그 애는 어딘가에
버려져 있어.
　　혼자.

그 사체가 데이지라고
생각하는 내가
우습지 않아?
알고 있는걸.
　　그건 뼈와 살에 불과하단 거.

유해,

사체.

사람들은 말해.
몸이란
그저
영혼을 담는 그릇이라고.
하지만 그렇게 단순한 문젠 아니야.

영혼은
　　매니큐어를 바를 수도 없고
　　방에서 춤출 수도 없고
　　대화를 나눌 수도 없잖아.
몸이 없다면 영혼은
　　바람에 쓸려
　　내게서 멀리 사라져 버려.

그게 다가 아니라
　　몸이
없다면
　　영원히
　　악몽이
　　사라지지
　　않을 거야.

어디 있어, 데이지?

내가 따뜻한 침대에 누워 있는 오늘 밤
넌 어디에 있는 걸까?

똑똑한 진흙

과학 수사 지질학이
　　있었던 덕분에
　　진흙은
갑자기 우리의
　　영웅이 됐어.

살인범
　　폴 막 마후나가 몰던
은색 자동차
바퀴 테두리에
　　말라붙은 진흙.

퇴적물, 모래, 씨앗,
미세한 돌조각과 식물의 뿌리덮개로 이루어진
그 지역의 토양 지도를 통해
진흙은
　　비밀을 알려 줘.
범인의 차가
최근에 다녀간
숲 한두 곳을
가르쳐 주는

유익한 진흙.
이 숲을
　　수색해서
　　그 애를
　　찾을 수 있겠지.
자동차 트렁크도
　　이야기를
　　　　　들려줘.
데이지의
　　DNA에 새겨진
　　소름 끼치는 이야기.

사체를 침대 시트와
샤워 커튼으로 싸서
트렁크에 실었다고
　　경찰은 추정해.

내일부터 숲을 수색한대.

불꽃

내 안에 한 점 남은
    작고
    터무니없고
    유치한 마음은
믿으려 들지 않아.
데이지가
    죽었단 걸.
당나귀처럼 고집 세고
    완고하고
    꽉 막힌
한 조각 마음이
모든 게
지어낸 얘기라고
    우겨 대.
데이지가 팔짝 뛰어나와
    "속았지!"
    외칠 거라고.

카메라가 내 빨개진 얼굴을
    담겠지.
그다음에 우린

함께
　　숲으로 갈 거야.
초콜릿을 먹으며.
블루벨 덤불 속으로
아무렇게나 내버린
그 애의 사체를
　　찾으러 가는 대신에.
갑자기 겁이 나.
　　그 애가
　　발견될까 봐.
그렇게
　　내게
　　남은
　　마지막
　　터무니없는
　　　　　희망의
　　불꽃마저도
　　영원히
　　꺼져 버리고 말까 봐.

발 견

밤 11시 53분 경찰에서 걸려 온 전화.

데이지를 찾았대.

숲에 있었대.
흙과 낙엽이
얇게 덮인 채로.

데이지가 죽었구나.

마 침 표

거대한 퍼즐이 맞춰졌어.
수수께끼는 전부 풀렸어.
나를 괴롭히던
　　물음표는
　　마침표로
　　바뀌었어.

사체가 발견되고 나니
경찰들은 회오리바람처럼
　　분주해져.
　　포렌식 분석,
　　사후 부검,
　　법정에서 쓸 증거들.

난 더는 관심이 없어.

자, 이젠
　　단어 뒤에
　　선명하게
　　마침표를 찍을 시간이야.

실종자.
희생자.
범죄.
사체.

데이지에게서
   인간성
   성격
   색깔을
   앗아 가는 단어들.

내 친구

데이지는

죽었어.

그리고 이제,
   오늘,
   드디어,
   난
   마음껏

   슬퍼해.

물 속 으 로

난 항복해.

    허락해.
    슬픔이
    나를
물속으로
무겁게 끌어당기게.

가라앉는 중이야.

아무도 날
    구해 주지 않았으면 좋겠어.

    아래로

    아래로

    서서히

    숨 없이

내려가.

아픔이
가슴을 채워.
허파에
압력이 느껴져.

아래로

짭짤한 소금물이
뚝뚝

떨어져.

내 입술에.

아래로

내 심장은 고통으로
소리 없이
울부짖어.

아래로

아래로

아래로

저 깊은
바다 밑바닥까지.

암 초

얼마나
오랫동안
여기
   침대에만
   있었던 걸까.

   난파선처럼.

   상관없어.

등 대

엄마가
찾아와서
나를
    안아 주지만
    난
    받아 줄 수가 없어.

키티가 문가를
어슬렁거리지만
    곧 떠나.
내가
    훌쩍이는 소리
    또
    흐느끼는 소리에.

아무도 날
    구해 주지 않기를.
사람들이 하는
    괜찮다는 거짓말은

    필요 없어.

추 도 식

엄마가 날
　　부축해.
차에 태우며
　　한쪽 팔을
　　목발처럼 내어 줘.

데이지의 집엔
추도하러 온
사람들이 모여 있어.

샌드위치, 차와 비스킷.
마치 우리가
괜찮다는 듯이.

디어드라 아주머니 얼굴은
유령처럼 새하얘.

물에 빠진 사람처럼
꽉 붙잡고 있어.
　　데이지의
　　분홍 곰 인형을.

소독솜

나를 보는
디어드라 아주머니 눈이
절박하게 빛나.

아주머니가 내 손을 잡아.

할 말이 잔뜩 있나 봐.
나는 얌전히 귀 기울여.
세상은
어린 소녀들에겐
너무 위험하다는 말.

데이지의 죽음에서
교훈을 얻으라는 말.
핸드폰
컴퓨터
인터넷을
멀리하라는 말.

"낯선 사람을 믿으면 안 돼."
　　아주머니는 말하지.

"남의 말을 곧이곧대로 믿지 마라."

아주머니가 내 손을
단단히 붙잡아.
　　목소리는
　　꼭
　　호소하는 것 같아.

"시간을 돌릴 수만 있다면."
　　아주머니는 말하지.
"세상에
　　존재하는
온갖
　　괴물 같은
　　것들로부터
그 애를
　　안전하게 지킬 텐데."

난 듣기만 해.
말없이.

추 억 더 듬 기

웃음소리가 우울한 분위기를
　　차츰 밝혀 줘.
부엌에 아이들이 몇 명 있어.
아마 데이지의 사촌인가 봐.

"데이지가 예전에
이빨 요정을 잡겠다고
덫 만든 거 기억나?"
　　그중 누군가 말해.
"잊고 있었네!"
　　다른 누군가 대답해.

"암 밴드로 발을 묶고
수영장에 뛰어든
　　적도 있잖아?
인명 구조대원이
구해 줬는데
어떻게 될지 궁금해서 그랬다나."

정말 놀랍지만
나도 웃음이 나.

사람들이 하는 말

디어드라 아주머니만
틀린 말을
하는 게
아니었어.

"시간이 약이다.
넌 아직 어리잖니."
　　다들 그렇게 말해.
"가엾은 데이지가 운이 나빴어."
"하느님은 계획이 있으셔."
"네 마음 알아."

선 언

디어드라 아주머니한테
반박할 말이 떠올라.

다른 누구도 아닌 나만의 말.

라푼젤처럼
어린 소녀들을
　　안전한 탑 안에
가두는 건
　　사는 게 아니라는
말.

그건
'안전'한 게 아니라
　　가두는 거라고.
집이 아니라
　　감옥이라는 말.

우리가 숨으면
안 된다는 말.
우리 잘못이 아니잖아.

우리가 마음을
닫아선 안 돼.
그 악마가 우리 인생의
　　주인은 아니잖아.
그 악마에게 그럴 힘을
　　주면 안 되잖아.

그 대신
　　우린 이 세상을 걸어 다닐 거야.
　　온라인에서도
　　오프라인에서도.

눈을 크게 뜨고
　　경계하면서.

왜냐하면
　　그것만이
우릴
　　안전하게
　　　　지켜 줄 테니까.

데이지 화환

뒷마당의
　　젖은 풀이
　　내 발바닥을
　　간지럽혀.

예전엔 몰랐어.
잔디 위 두툼한 카펫처럼
　　데이지가
이토록 만발한 줄은.

내 옆에는
　　꽃이 한 무더기 쌓여 있어.
　　화환을 만들 거야.
　　　　꽃을 하나씩
　　　　매듭으로 연결해
　　　　하나로 이을 거야.

날래게 손가락을 놀리는 내내
눈물이
　　축축하게
　　　　떨어져.

내 치마 위로.

이젠 알아.
분명히 알아.
영영 극복하지 못할 거야.
　　또
　　그러고 싶지도 않아.

이 고통을 잊지 않을래.
　　잊을 수 있다고 해도.
욱신거리고 진짜인
　　오로지 내 것인 고통.

난 끌어안아,
　　이 고통.
이젠 나의 일부거든.

난 자라겠지.
그건 확실해.
그리고
고통도 나와 함께 자라날 거야.

데이지가 내게 준 모든 것.
　　우정.

믿음.

함께했던 시간.

그리고 즐거운 기억.

이제 전부 나의 일부야.

고통과 사랑은

화환처럼

하나로 이어져 있어.

데 이 지

데이지는
　　멈추지 않고
　　피어날 거야.

내 삶은
　　데이지로
　　가득해지겠지.

순수한 하얀 꽃잎은
　　천사처럼 빛을 내고

한가운데 심장은
　　햇살처럼 샛노래.
　　그 애처럼.

양철북 청소년문학 5

데이지

1판 1쇄   2022년 6월 13일

글쓴이   마이라 제프
옮긴이   송섬별
펴낸이   조재은
편집   구희승 김명옥
디자인   육수정
마케팅   조희정
관리   조미래

펴낸곳   (주)양철북출판사
등록   2001년 11월 21일 제25100-2002-380호
주소   서울시 영등포구 양산로91 리드원센터 1303호
전화   02-335-6407
팩스   0505-335-6408
전자우편   tindrum@tindrum.co.kr
ISBN   978-89-6372-405-8 (03840)
값   13,000원